푸른사상 시선 191

버려진 말들 사이를 걷다

푸른사상 시선 191

버려진 말들 사이를 걷다

인쇄 · 2024년 6월 25일 | 발행 · 2024년 6월 30일

지은이 · 봉윤숙
펴낸이 · 한봉숙
펴낸곳 · 푸른사상사

주간 · 맹문재 | 편집 · 지순이, 김수란, 노현정 | 마케팅 · 한정규
등록 · 1999년 7월 8일 제2-2876호
주소 · 경기도 파주시 회동길 337-16(서패동 470-6) 푸른사상사
대표전화 · 031) 955-9111(2) | 팩시밀리 · 031) 955-9114
이메일 · prun21c@hanmail.net
홈페이지 · http://www.prun21c.com

ⓒ 봉윤숙, 2024

ISBN 979-11-308-2154-2   03810
값 12,000원

푸른사상
시선

191

버려진 말들 사이를 걷다

봉윤숙 시집

푸른사상
PRUNSASANG

자격을 뛰어넘는 것들이
지문으로 남아 있다

어떤 날은 바람의 통증으로
어떤 날은 시계의 통증으로

들여다보고픈 그곳

2024년 6월
봉윤숙

| 차례 |

■ 시인의 말

제1부   버려진 말들 사이를 걷다

6

제2부 서식지

제3부 빗방울로 지은 집

제4부　골목, 골목들

제1부

버려진 말들 사이를 걷다

전원주택

비가 내려도
태풍이 불어도
눈보라가 몰아쳐도 걱정 없지

높은 곳이라 전망도 좋고
튼튼하고 아늑하지

추운 날에는 따뜻하고
더운 날에는 시원하지

구름이 흘러가는 걸 볼 수 있고
뜨거운 태양도 만날 수 있지

별을 가까이에서 볼 수 있고
달빛 아래 잠들 수도 있지

거기가 어디니
음, 미루나무 꼭대기 까치네 집

쓴다, 쓸다

아침나절 어지럽던 머릿속 이야기들을 쓴다
아니 쓸었다

하고 싶은 말들은 이미 붉게 물들었거나 벌레 구멍이 나
있다 분명 백지를 쓸었는데 나뭇잎 잔뜩 떨어진 나무 밑, 빗
자루 자국만 가득하다

먼지를 풀풀 내는 징그러운 짐승의 털 같다

책상 위에는 빗방울로 만든 악보가 사막으로 빚은 화분이
생쥐로 만든 종이가 뾰족한 너의 목소리로 부스럭거린다

백지를 쓸고
나무 밑을 쓴다

세상의 구겨지는 종이들 중 깨끗한 백지를 못 보았다
종이를 구기는 것이 아니라

어지럽게 쓴 글자들을 구기는 것이다

귀는 입으로 달려가고 입술은 말 달리듯 고삐를 놓치고
손가락이 둥그러지며 펄럭인다

깨끗해지라고 쓸었을 뿐인데
아, 어지러운 저 획들
나무 밑을 흙바닥을 한참 동안 읽었다
마당을 구길 수는 없으니까

버려진 말들 사이를 걷다

모두들 말의 착지점에서
딱 한 발짝 물러서 있다
아무리 시위를 당겼다 놓아도
딱, 그쯤에서 떨어지고야 마는
한 발짝 바로 앞
비틀거리는 몸을 이끌고
후렴을 시작하려는 찰나
간헐적으로 비상구가 보이지만
부여잡고 놓아주지 않는 역설
그 사이를 지친 저녁들의 퇴근과
앞다투는 고층의 창문들과
자신들의 가장 연약한 취약점으로

밥을 벌러 가거나
밥을 먹으러 간다

햇살과 기진맥진해진 바람을 따라
숨을 헐떡이는 와이퍼가

허송세월을 걷어내고 있다
어쩌면 저렇게도
비겁하거나 난처한 혹은 무신경한
그 경계를 절묘하게 비껴서 있을까
간신히 앞가림을 피한 사람들
돌아보면 아득한 낭떠러지가
각자의 뒤쪽에 있다

녹

인간을 정년으로
그 의기소침해지는 지경으로
몰고 가는 것은 기계다
노동에 있어 인간과 기계는 동료지만
한순간 진보의 회로로
옛 동료를 퇴물로 전락시킨다

계절을 갈아 끼우고 구름을 조이는 사이
헐거워진 달력엔 윤활제 냄새만 진동한다

기계 속엔 재빠른 기술이 있고
반복의 궤도를 도는 컨베이어 벨트는
몇 가지 동작으로 인간을 퇴화시킨다
장대비를 비정규직에 녹이고
함박눈을 하청에 녹이는 동안
녹이 슬고 더는 움직이지 않는
인간이라는 기계
공구상가 앞에는 그런 녹슨 기술들이

뜯고 분리한 기계 속에서
노을을 닦아내고 싱싱한 햇살을 덧칠하며
다시 맞추고 검은 테이프로 칭칭 감는다

정년이 끝나고 다시 헐값으로
팔려가는 녹슨 기계들처럼
취업상담소엔 늙은 기술들, 제 속의 녹들을
싹싹 닦아낸 얼굴로 앉아 있다

그렇게 가끔은

짐 싸본 적이 있는지
늘 비좁은
한 채의 이불 같은
어쩌면 얇은 귀가 있고
신발에 신발이 겹치던
그러모았던 것들이 바싹 붙어 있던
자꾸 겹치게 되고
깨어 떠나던
방들이 너를 소비한다
공상은 얼마나 넓은 박스인지
눈치를 보는 목록들은
어디로 옮겨 갈까
그 따뜻한 무게로
우리는 간다
한 장의 복권처럼
불현듯 나타나는
다른 생의
한밤중에 누워 생각해보면

벽을 뚫고 나가
마이너스 된 동그라미를 달고
덜덜거리는 승용차를 몰고
어디로 옮겨 갈 수 있을까

양말의 방정식

늘 뒤집혀 있는 양말을 반대로 뒤집으면
한 켤레의 본래의 면이 된다
반대를 반대로 푸는 이 간단한 방정식
어디를 갔다 왔는지 알 수 없는
그 흔적만 둥그렇게 말려 있는 남자
잔소리는 늘 말려 있거나 뒤집어져 있다
잘 펴지지 않는 남자의 출구는 미궁이다
어느 연옥을 헤매다 온 듯한 흔적
발걸음의 등고선은 함부로 흘려버릴 수 없듯
냄새의 간격이 좁으면 월말에 가깝고
간격이 넓으면 월초일 것이다
그러는 동안 어느 치욕을 걷지는 않았을까

남자의 구두는 집 안쪽을 향해 벗겨져 있다
늘 방향을 돌리는 신발 속에서 나온 양말
순방향이거나 역방향인 삶은 서로 뒤엉켜 있다
더 이상 흩어지지 않기 위해
온몸을 말아 쥐고 있는 것은 아닐까

뭉쳐놓은 것을 곧게 펴서 건네주는 여자의 손에서
어느 피곤한 행선지가 기다리고 있다

집 안, 맨발일 때만 내 남자다
어디 가서 뭘 하고 다니는지 꼴 보기 싫다가도
일교차가 없는 표정으로 들어서면
한 뭉치 의문의 냄새를 없애려 하는 이율배반

남자의 입안에는
양말의 냄새보다 더한 말들이 웅크리고 있는 것은 아닐까
남자의 안쪽이었나 다시금 골똘해지는 여자
서로 닿아 있으면서 각기 이름을 갖고 있는 발가락들처럼
냄새나고 물렁물렁한 양말의 밤이
세탁기 안에서 돈다

편(片)

동강이라는 말은 네 편 내 편이 없어
둘로도 외로운 말이다
발에 차이는 돌들도 다 편이라는 생각 끝에는
가장 먼 내 편이 있다
편을 따라가다 보면 합이 나오고 그 합은 또 동강 날 수도
있다
동강 사이에는 여러 개의 편이 있듯
손가락의 일들과 얼굴의 일들이 각기 다르다
무엇을 동강 냈을 때 피가 흐른다면
흐르는 피가 중심이듯
나무를 잘랐을 때 톱밥은 둘 사이의 중심
중심은 가장 부스러기다

너와 내가 하나의 일로 눈물을 흘린다면
눈물을 중심으로 두고 있는 것
눈물의 내재화는 일의 치환이자 분절
그러니까 중심은 누구의 편일까

동강과 편이라는 말로 우주도 가족도 이루어져 있다

중심이 기울어진 쪽을 내 편이라 생각하지만
중심은 허물어지는 쪽,
아이러니한 말이자 숨어 있는 말이기도 하다
홀로라는 말보다 더 쓸쓸한 말
손을 꼽다 보면 남는 것과 넘치는 것 모자라는 것이 있다
그때 나는 모자라는 편인가 남는 편인가

굳이 편을 알고 싶다면
안으로 굽는 것과 밖으로 굽는 것을 보면 된다
눈은 밖으로만 볼 수 있어 내 편이 아니라지만
삼키고 뱉고 하는 입은 난장이다
무엇이든 동강 나야 네 편이고 내 편이라는 의외는
이때 살짝 의심이 들기도 한다는 것

뭉크, 뭉클

뭉크를 생각할 때마다
뭉클이란 감정이 떠오른다
이름을 감정의 표본으로 나눈다면
뭉크라는 이름과
절규라는 이름이 있다

뭉클,이라는 감정에는 다 절규가 있다
한꺼번에 섞어 빨던 빨래 속에는
남동생과 아버지가 통과하던 원형
고요하게 모음만으로 절규한 기억이 있다
그때 세탁기는 뭉클뭉클 돌았다

뭉크는 생각할 때마다 화첩이 떠오른다

다리 위에서 내면을 활보하는 아버지 폐결핵에 걸려 죽음
을 앞둔 고모이거나 이모 혹은 기도하는 엄마 푸른 하늘이
어둠에 주춤거리다 노랗게 질리는 창문 죽음이야말로 연천

의 색상이 바래지지 않는 화첩

　인명사전을 찾다 보면 많이 짓는 이름이 있다
　누구나 갖고 있는 감정이야말로 가장 흔한 이름
　이름보다는 고인의 감정들만 떠오른다면
　슬픔을 부여하는 방식으로
　뭉클한 감정으로 이름으로 부른다

　고(故) 뭉클, 고(故) 슬픔, 고(故) 뭉크
　웨이브로 피어오르던 향불 떠오른다

주머니

사람들은 주머니를 서너 개쯤 가지고 다닌다
들어 있는 것들은 각자 다르다
몇 개의 동전, 손바닥의 땀과 쪽지 그리고
겸연쩍은 표정들이 들어 있다

자기 몸에 자기 손을 넣고 다니지만
주머니 사정은 녹록지 않다

관계자의 범위로 채워지는 변수들 뒤적일 때마다 조금은
어둠이 멋쩍게 뒤척인다

주머니의 안쪽과 탈탈 털린 바깥은 모두 같은 잔상

퇴근길 포장마차에서 모래주머니를 볶아 먹는 사내들
주머니가 염통이 되고 발을 움직이게 하며
달랑 그 한 개의 주머니가 귀한 생명이란 것을 알까
멀리 날 수 있는 것은
주머니의 힘 때문이었다는 것을 알까

어떤 주머니에는 오만함과 비굴함도 들어 있지만
주머니 때문에 감옥에 갇히기도 한다

우수수한 저녁
허리를 펴고 일어서는 사내들
주머니마다 모래가 불룩하다

벽과 담의 차이

우리의 이야기는 지붕 속에서 산다

지붕을 가지고 있는 벽과 지붕이 없는 담 안에서 이야기
는 바쁘다

담엔 사슴벌레 달팽이 사금파리 장지뱀 등 여러 종류가
산다

벽은 못, 시렁 아버지의 맥고모자 달력의 이름으로 불리
기도 한다

드나들거나 넘을 수 있는 높이의 담은 그림자와 낙서의
한 영역이다 벽은 문 없는 간극과 문의 사고가 가끔 어긋나
기도 하지만 옷들은 그 사이에서 잘 기대어 무늬를 새긴다
담을 넘어간 소리는 키 큰 소문이 되고 담 밖에 있던 사람이
훗날 벽의 못에 걸리기도 한다

담은 올록볼록한 퍼즐 같다 퍼즐을 맞추려 틈새의 흐름을
허용한다 그 사이로 번식하고 바람이 드나들며 물길도 흐른
다 구멍이 없어 마음, 다만 낙서로 대신하는 일들이 있고 수

직의 소문들이 넓다

　커다란 순록을 보면 따뜻한 벽이 생각난다 그들은 스스로
진화된 지붕을 가지고 있고 자유롭게 돌아다니는 뿔로 계절
은 완성되고 빨강은 절판된다

　숲은 담이다
　나무들은 지붕이 없으므로 출구를 찾지 못하고 흔들린다
　이야기가 없을 때는 흔들리는 것도 한 방법이다

로제트

작년에도 보았던 방석
겨울을 데구루루 둥글리다 멈춘 자리
질기고 잘 뽑히지도 않게 납작 엎드려 있다
있는 듯 없는 듯 누구 하나 거들떠보지도 않지만
꽃 하나 앉히려고 온갖 아양 떠는 모습
한 곳에 가부좌 틀듯 질기게 붙어 있으면
귀하신 몸들이 스스로 앉으러 온다

봄엔 로제트만 한 방석이 없고
여름엔 그늘만 한 방석도 없다

도공이 흙의 공기를 없애려 발로 자근자근 밟아놓은 문양
점점 커지는 동심원
밟으면 밟을수록 단단해지는 흙 꽃처럼
바람을 견디기 위해 바닥에 붙어사는
정년퇴임하는 노동자처럼 끈질기다

낮은 자세를 좋아한다

지금껏 어느 누구의 담장도 넘겨다본 기억 없다
햇살 모양을 닮아갔을 것이다
오래 들여다보면 돌아가는 팽이 같다
그러다 멈추는 순간이 오면 방석을 빨아야 할 시기다
두 해를 사는 동안
한 해는 빨랫줄에서 햇살 바라기로 보내며

똑똑 물방울로 떨어져 방석이 되는 로제트 식물
세상의 방석들 뜯어보면
납작한 새순이 가득 들어 있을 것이다

노래의 표정

저 사람의 어디에 저런 표정이 숨어 있었을까
아득한 날들을 불러와 감정으로 사용하는 저 사람들
이 노래는 내 노래라는 듯 내 옛일을 알려주겠다는 듯
마이크를 가로채는 사람 꼭 있다
밑바닥에 숨겨왔던 은밀하고 비밀스러운 표정이
노래를 만나 터져 나온다
애원의 기억도 악다구니의 기억도 어쩌면
높낮이가 다른 악보는 아닐까

누구나 자신과 비슷한 처지의 노랫말 하나쯤 있다
고개가 끄덕여지고 살짝 끼어들고 싶은 후렴
리듬은 누군가가 붙여놓고 간 것이다
수십 번 내가 들락거린 집과 같다
와락 껴안았던 기억의 벤치에 잠시 무릎을 꼬고 앉거나
다소곳하게 돌아섰던 과거를 불러내거나
찰랑찰랑 마감 시간을 재촉하는 탬버린의 시간
어느 순간 무엇인가 확인하고 싶을 때는
꼭 그 문을 열고 들락날락한다

그 광경을 꽉 움켜쥐고 있는 마이크가 듣고 있다

목록을 뒤적거려도 더 이상 부를 노래가 없을 때
재회의 목록도 신곡으로 바뀌어가는 중임을 안다
앙코르 없는 표정들이 끔뻑거린다
쉬지 않고 이어지는 가사는 높낮이가 다른 삶의 박자
순탄한 길은 아니지만 그렇다고 막다른 길도 아닌
지금 우리는 간주 중에 들어 있는 박자
다양한 노래의 표정들이
노래방 책자의 번호 속을 들락거린다

도서관을 걷다

책장들이 걸어간다

형광등이 구부러진 등에 핏발을 세운다

속되게 둔갑하는 잡지처럼 생각이 빳빳해진다

드르륵하면 뛰어가는 책

뛰는 책은 읽을 수 없는 글자들이 가득하여

어느 시기에도 머무르지 않는다

한 권의 책이 뛰어서 도착하는 곳은 어디일까

밑줄의 감정엔 졸음이 가득하고

쓸쓸하게 벗겨지는 수피처럼 사나워지는 의견만 분분하다

서랍 속 카드는 무성영화처럼 지루하고

황사가 진행되는 동안 나비와 마주치면

무지개 뜨는 언덕을 알려주어야 할까

종종걸음을 데리고 나와

햇살과 그늘과 별에 미끄러지는 생각을 귀에 꽂고

고개 치켜들며 돋아나는 파란 싹

거품처럼 주저앉아 뒤적이면

가방 속에서도 분실 속에서도 바람 속에서도 걷는다

점점 그을려가는 제목을 만나 구겨지거나 찢어지고

소제목들은 바람을 압박하며 그림자를 감는다

자정에 기대어 풀씨 하나 날아오르면

혀끝 사이로 스며드는 붉은 싹

입김은 왜 바깥쪽에서부터 차가워지는지

호환되지 않은 채 앙상해지는 증발

송곳니처럼 뻗어나가는 일몰이 오면

멀미를 앓았던 흔적의 귀퉁이 고이 접혀 있고

아직도 읽지 못한 페이지가 두껍다

소금쟁이

글씨는 참 이상한 이름이에요
글의 씨(氏)일까요 아니면 글의 씨앗이라는 뜻일까요?
정말 몰라서 묻는 말이라니까요

돌에 새긴 글씨는 바람이 지울까요 종이는 찢어지거나 구
겨지는 이야기일까요? 그러나 칸칸으로 영역을 삼는 글씨
들은 더듬이가 없어요

조용한 교실, 유일하게 움직일 수 있는 것은 틀린 글자뿐
이고 한 칸 두 칸 미끄러지듯 옮겨 다녀요 지우개로 지우면
생기는 지우개 밥. 손톱에 올려놓고 보면 뿌리가 있듯 소금
쟁이의 뿌리는 표면장력이래요

틀린 글자는 지운 흔적이 남아요
지운 흔적이야말로 가장 중요한 단어가 아닐까요?
가끔 마침표가 길을 가로막기도 하지만
공책 안에서는 물고기가 수영하고 새가 날아가며 소용돌

이를 일으켜요

　소금쟁이는 시간과 계절을 표시하고 다녀요 물 위에 떠 있는 계절 논을 갈기 전에 물부터 갈아요

　천적이 나타나면 개구리밥을 밟고 줄행랑을 쳐요 가을걷이가 끝난 논에 남아 있는 그루터기들은 노트 한 권을 다 지웠던 흔적 같아요

　어린 시절엔 참 많이도 지웠던 흔적이 있어요
　글씨와 지우개 사이에서
　많은 것들이 명확해지고 흩어졌지요
　글씨를 글씨(氏)라 존칭을 붙여야겠어요

물 한 바가지

물 한 바가지를 땅에 부으면
물 한 바가지는 더듬이가 생긴다
막힌 곳을 돌아서야 길이 되는 더듬이의 길
잠시 막혔던 힘으로 흘러가는 물길
그러나 생각처럼 멀리 가지는 못한다
밑으로 흐르는 저 더듬이는 쏟아져 흘러간
거기까지가 그의 일생이다
이 곤충은 뼈가 없다
뼈가 없다는 것은 유연하게 몸을 허물 수 있다는 것
몰캉몰캉한 더듬이를 곤두세우고
처음엔 빠른 속도로 달려가지만
점점 느려지고 작아지면서 아래쪽으로만 내려간다
겸손한 물 한 바가지라는 곤충
그 겸손이 보호색이었다가 생존 전략이 된다
다만 스스로 온도를 조절하지 못하는 변온동물이라
짧은 거리를 흐르며 제 몸을
스스로 매장하면서 간다
축축하게 젖은 관 모양을 하고

작지만 수없이 많은 겹눈을 뜨고 가야 하는 세상
가다가 돌부리에 부딪치거나 막힌 곳을 만나면
돌아서 가야 하는 물 한 바가지라는 곤충
뜨거워질 심장은 없으나 얼굴 붉히는 빨간 꽃잎 몇 장에
도란도란해지는 몸을 줄 수 있고
파란 잎사귀를 사공도 없이 띄우기도 한다
작은 물줄기를 만나면 슬그머니 짝짓기도 하는
이 곤충은 날개나 다리가 발견된 적은 없지만
평평하거나 울퉁불퉁하거나 어떠한 곳에서도
가면 갈수록 큰 몸에서 작은 몸으로 치환되는
세상에 몸이 가장 긴 곤충이다

제2부

서식지

서식지

　서식지라는 말을 생각할 때마다 빌어먹을, 빌어먹고 살고 있는 직장이 떠오른다

　서식지 안에는 황금 부서와 한직이 있다 염록소의 구성, 인사부 뿌리는 지하 3층에 있다 악역만 도맡아 하는 팀장도 있고 밥 대신 욕 먹으며 일하는 사원도 있지만 세상이 세상인지라 붉은 머리띠를 두르기도 쉽지 않다

　가시에 찔린 곳으로 들어찬 찬바람 속엔 상처가 섞여 있고 그 상처를 빼는 것 또한 가시들 덕이지만 그 가시들의 집합을 찔러 와해시키는 보이지 않는 가시들이 또 있는 꼬리에 꼬리를 무는 옴니버스식 구성

　서식지에도 계층이 있다 정년의 계층에서 떨어지면 다시 낮은 계층이 된다 한 가족이라 얘기하지만 개똥 같은 얘기다 여러분의 뜻을 모아 내 맘대로 한다는 뜻이다

　하나의 서식지가 생긴다는 것은, 눈에 보이진 않지만 무형의 구조물들이다

감염

이 지리멸렬한 일상은 어디서 감염된 것일까
책상과 서류, 허기의 시간은 좀처럼 낫질 않는다
심장 병동 창문 밖 봄 텃밭에도
파랗게 감염된 새싹들이 돋아나고 있다
일상의 파장을 품고 무정형으로 흘러가는 계절
얇은 옷을 입은 것 같은 감정과
나를 닮은 질투의 얼굴이 나를 끌고 다니는 감염의 시간

병원 폐기물 상자 안에 버려지는 일회용 주사기들
주사기를 씨앗의 종류로 본다면
속도가 빠른 감염의 한 품종일 것이다
뜨거운 불의 밭에서 소각되는 화염의 순서를 키워왔을까
단 한 번 따끔거렸던 꽃을 피우고
이제 불꽃으로 만개해 있다

일회용품으로 소멸되는 것들도 감염의 한 세상을 갖고
있듯
잠복기에 들어 있는 시간의 내피도 빠르게 번져가고 있다

이방인처럼 불쑥 찾아와 문을 두드리면
오염은 속수무책인 방법으로 온다
이 통속적인 분류법으로 뻔뻔하게 흘러가는 감염의 세상

책갈피에 묻어나는 지문
서로 다르게 늙어가는 나뭇잎의 색깔도 다 닮아 있다
병동 밖으로 보이는 나무들이 지금
흔들리는 감염의 시간에 서 있다

구름 병동

구름은 빨리 흩어지기도 하고 모이기도 해요

마치 발작 같죠

창백한 인사에도 얼굴은 두근두근하죠

바람이 자주 드나들던 구름 골목에는 버려진 신발 한 짝

오래된 우유팩처럼 부풀어 오른 호기심은

지루하게 하품하는 구름을 하모니카처럼 불죠

지금 아이의 몸 안에도 모였다 흩어지는 구름이 있어요

단 한 조각의 구름에도 세상은 어두워질 수 있고 아이는

흐린 날이 많았어요

흐린 날의 수채화풍 날씨가 몽실몽실 이동하고

눈이 퉁퉁 부은 날에는

입술 뾰족한 구름을 타고 울음 바깥으로 놀러 나가요

구름도 오래 걸으면 다리가 아플까요 이쪽 창문에서 저쪽

창문까지 입김을 불어 지나가죠 그럴 땐 나처럼 숨이 찰까

요? 입원실은 늘 숨이 차서 엄마 손을 꼭 잡고 있어도 그네

를 타는 것처럼 앞뒤로 흔들려요

소아과 병동엔 작은 기침들이 놀아요

날아가지 않은 구름의 주둥이를 찾으며 놀아요

구름은 뭉쳤다 흩어지지만 늘 숨어 있는 구름도 있어요

구름의 의사소통을 생각해봐요

콜록콜록 기침하는 걸까요 아니면 콧물을 흘리는 걸까요

한곳에 오래 머물러 있는 구름은 없어요

나는 묶여 있는 구름을 풀어줄 거예요

엄마는 늘 나에게 묶여 있다고 말해요

가느다란 잠 속으로 새빨간 피들이 지나다니고

나쁜 병은 폴짝폴짝 뛰어놀고 있어요

파란 수술복을 입은 의사들이

봄날을 수술대에 올리고 있어요

모락모락 피어나는 아지랑이들이 모야모야 자라고 있어요

보조 침대

혼자인 영혼들도
병에 걸리면 보호자가 생긴다
모든 병석 옆에는 보조 침대가 딸려 있고 새우잠을 자는
병의 짝이 생긴다

비틀거리는 병, 부축이 있고
위안은 옆에서 입이 마르다
회진을 돌듯 치유의 시간은 멀고 미진하다
링거 줄에 묶인 병명들의 찡그린 표정도 천천히 비어간다
서로 통증을 묻지 않지만
혼자 끙끙 앓는 상처들이 있다

외로운 말을 가진 몸들은 혼자 앓는다
보조 침대는 서랍 같다는 생각
서랍은 한 겹 허물을 벗으며 둥둥 떠오르는 근심
음지식물처럼 귀를 쫑긋거린다

통증을 듣는 귀

불편하고 지루한 병은 깁스를 한 채 통통 살이 올라 있다
휠체어를 탄 계절은 창문 밖 오르막길을 올라가고 있고
기약 없는 퇴원의 시간이
그 뒤를 밀어주고 있다

과일주스 유리병 속 알갱이들은 진공의 밑바닥에 가라앉
아 있고
욱신거리는 침대에 붙어 있는 보조로 딸려 있는 병
서로 같이 앓는 밤이 있다

늑대

늑대에게는 성혼 법이 있다

다른 배우자를 두지 않는 정온 동물, 자기만의 온도를 가
지고 있어 주변에서 온도를 빼앗아 오지 않는다

잇몸을 드러내는 종족들은 늘 배가 고프다

흰 잇몸으로 이빨을 위로하는 허기

겨울이면 뜨거운 피의 온도를 찾아다니는 늑대는 울음에
도 날카로운 이빨이 있다

루푸스병*, 천의 얼굴을 가진 질병, 늑대의 이빨이 묻어
있는 병, 통증만 있고 원인이 없는 병도 있다

늑대에게 물렸던 조상이 있었던 듯 늑대의 허기가 몇 대
를 옮겨 다니다 전해 내려온 듯 얼굴에 붉은 반점을 가진 병

잡아먹은 동물의 온갖 병을 떠안았다는 듯 칠백여 가지의
통증을 갖고 있는 병

어떤 날은 토끼의 통증으로

어떤 날은 사슴의 통증으로

이 병을 분석해보면 죽어간 동물들의
마지막 통증을 알 수 있을 것
하얀 김이 새어 나오는 늑대의 송곳니로
몇 개의 병원을 전전했을 병자
불치를 믿는 밤, 길고 추운 신음이 새어 나오는 늑대의 병

* 루푸스병 : 루푸스는 라틴어로 늑대. 자가면역질환.

푸른 손

생을 놓은 손은 왜 모두 푸른색으로 보일까
모든 것을 쥐고 있을 때가
모든 것을 놓칠 때라는 듯
흰 천 밖으로 빠져나와 있는 푸른 손
중환자실에서 호명되는 시간에는 숲이 붙어 있다
매달린 초록을 되돌려 보내는 무호흡의 몸

파란 영혼들의 피부는 식물일까
풀들은 돋아날 때 가늘고 휘청거리는 시간이 있다
흔들리지 않는 초록이 있을까
평평한 잎사귀가
수면을 뚫고 오롯이 출현하는 푸른 손짓들
다행이라는 듯 마지막 계절이 손에서 푸르다
손과 발의 마디는 여름에 머물러 있고
다른 마디들은 가을이거나 겨울이거나 오지다
심장 떨리게 하는 계절
죽음이 편안한 계절이 있다면
가장 더웠거나 추웠던 생전의 계절일 것 같다

밖으로 밖으로만 융기하는 울음과 위로들
바람에 흔들리는 이파리들의 손사래가 은밀하게 퍼져가
는 동안
통점으로 피어나는 손을 흔들며
어느 계절을 향해 가고 있는지 아무도 모르는
길목은 그림자만 바쁘다

가을에 다다랐다는 듯 주름진 얼굴이다
언뜻 본 주름에는 바람이 통하지 않는 머리카락들이 엉켜
졸음이 쏟아지듯 왼쪽이 범람해 있다
다시는 저 주름에 웃음이 돋아나지 않을 것이다
익숙해지는 실종의 계절
점점 마비되어가는 여름의 구근만 모아 진공포장을 해놓
고 싶은

무균의 중환자실이 심드렁해지는 저녁
차트에 기록된 병명들이 모두 아픈 몸속에서 잠들어 있는

꽃 핀 아이

공기 중에는 제 얼굴을 찾아다니는
꽃들의 바이러스가 있다
이 골목 저 골목을 다니며 담을 넘기도 한다
울음으로 열려 있는 아이들의 붉은 발진의 시간
유행처럼 무리 지어 꽃 피는 얼굴들

꽃 핀 아이들이 병원으로 몰려간다
간지러운 시절에 피는 얼굴 꽃
어린 얼굴은 꽃 피기 가장 좋은 계절 같다
피고 지는 일을 반복하는 꽃도 있지만
평생 단 한 번만 피었다 지는 꽃
뾰루지처럼 늘 가려운 부위
자신도 모르는 자꾸만 손길이 가는 곳곳의 화단

백신을 접종하는 것은 꽃의 얼굴을 지우는 일일까
계절을 앞당기거나 잠복기의 은신처를 마련해주는 일일까
꽃들은 다만 제 얼굴을 가지려고 했을 뿐
격리의 날을 지나가는 활짝 핀 얼굴들은 모두

들켜버린 수포다

모두 한 얼굴을 이미 지운 적 있을 것이다
화끈거리고 아팠던 얼굴
얼굴 한쪽에 남아 있는 미미한 흉터는 아마 꽃의 눈쯤 될까
막 피어나는 꽃과 져버린 꽃이 한데 어우러져
진료실을 빠져나가 우툴두툴한 시절 속으로 걸어가고 있다

접촉하면 안 되는 꽃
박박 긁어달라 보채는 꽃

무질서한 꽃송이들과 닮아 있는
칼라민 로션을 발라 온통 분홍인
피었으나 울고 있는 꽃 핀 아이

욕망하는 도시

나는 샘플이 아니다

연습용 메모지에 웅크리고 앉아 또각또각 꿈속의 볼펜이 촉을 틔운다 수면 아래로 가라앉는 녹턴이 밤을 흔들고 바이올렛이 누비는 오솔길로 이어진 연못을 지나 푸른 피가 도는 나무

봄이 비둘기 위로 내린다 오늘은 미세먼지가 많은 날 날개를 편 햇빛 거리를 기웃거린다 립스틱 짙게 바른 소녀가 컵밥을 들고 앵무새 카페를 지나 다빈치 코드 게임장으로 지문을 넓힌다

풀지 못한 코드로 가득한 비밀의 성 미로 찾기에 밤낮을 가리지 않는 모험의 여정을 떠나는 실타래로 동여맨

심장이 쿵쾅쿵쾅 고동치는 아슬아슬한 외줄 타는 어름사니 늘 불안의 떨림에도 한 번쯤은 상실의 아픔을 맛보았을

롱패딩이 앞을 걸어간다 성공과 실패에 적당한 도시 속으로

언제쯤 이 거리에서 벗어날 수 있을까

팝콘이 리듬을 타고 튀어 올라도 탈출구는 없다 빠져나가
지도 쉽사리 헤어나지도 못하는 늪지대 중력을 벗어나려 안
간힘을 쓰는

너를 주문해도 될까

꼬깃꼬깃

걷고 있는 사내가 있다 권태에 빠진 옷을 걸치고 부스러기 말들로 단추를 채우며 추리닝 걸음으로

떠내려간다 캡슐 같은 호주머니는 밀봉되고 서류에는 속상한 체온들이 접혀 있는

점심이 사내를 건너고 종이컵으로 떠도는 거리 버려진 소파처럼 속이 파헤쳐져 들썩이다 걷어차인 행간들

화려하게 치장한 웃음 몇 조각은 바람의 먹잇감, 트럭의 파란 질주는 나뭇가지에 매달린 마지막 잎새로 미소를 배달하는

못을 박아도
기우뚱한 의자에서
링거를 맞고 있는 나무처럼
안테나를 세우고
독촉장을 털어내며

각주로 중얼거리는 끈적끈적한 오후

축 처진 어깨 위로 쏟아지는 구름에 흠뻑 젖어 출렁이는
담배, 그 고독한 날개가 돋는다

비앙비앙*

오직 나는 한 길밖에 모르네

점 위에
떨어진 달 한 조각, 혹은 벼린 칼

꼬였나 봐
숨겨놓았던 연애편지거나 궁서체
빙하가 되고

나는 수면에 앉아 떠다니며
오래된 말(言)이 되어간다

기호는 한 줄기 빛이었거나 한 줌의

벌써 먼지
그림자의 해빙은 다 커버렸는데

불기둥으로 타오르는

오로지 하나라는
다른 세계로 통하는
그 길에 스며

음미하거나 몸에 새겨지는
추운 아니 이미 낯선

* 비앙비앙 : '비앙비앙면'에서 차용.

망고스틴

안에서 부푼 것들은 블링블링하다 어딘가에 갇혀 있지만 그 어딘가가 애매할 때 보일 듯 말 듯한 가슴골이 보이고 까르르까르르 굴러다니는 웃음소리는 여전히 껍질에 싸여 있다 진홍색 곁눈질 발칙하고 어리둥절한 색깔이다

운동장에 모인 여학생들 같다 빈혈을 앓는 제철이다 발을 모았던 시간들이 동그랗게 굴러간다 술렁이는 바람이 방심한 나이를 타고 부풀어 오른다

열대과일의 껍질 속엔 나이를 속이는 맛이 들어 있다 그때 계절은 겉 다르고 속 다르다 외피는 짧은 계절이고 속은 너무 더운 계절이다 사춘기가 새콤달콤하게 익어간다

망고스틴은 열매의 안쪽이 꽃이다 꽃잎이 여섯 장이면 여섯 쪽의 열매가 들고 다섯 장이면 다섯 쪽의 열매가 맺힌다 동화의 표정처럼 원인과 결과가 정확하다 변성기의 시간, 하얀 속에 갈색의 목소리로 변한다

장화 신은 고양이다 가난뱅이가 부자가 되도록 수백 개의

변형이 존재하는 익살맞은 이야기가 주렁주렁 달렸다 뜨거
운 나라의 과일 껍질이 두꺼운 이유는 너무 빠른 사춘기의
증발을 막기 위해서다

봄까치꽃

크고
작은
파랑이 인다
꽃이 핀다
까치가 난다
봄이 온다

어떤 것들은 한꺼번에 밀려온다 길에서 넘어지고 그 와중에 전철까지 놓치고 만다 들판이 매듭을 푼다 엉킨 시간에서는 다만 향기가 두껍다

봄은 이파리에 매달려 촘촘하다 발길을 옮길 때마다 흐드러진 웃음이 진창이다 키 작은 바람은 홀쭉하다 풀밭은 달그락 달그락거리고

서정시 한 구절 읽는다 공기 속에서 뭉그러지는 까치처럼 철조망에 앉았다가 다리 위에서 휘파람을 불며 지나가는 청

바지처럼 작고 비뚤비뚤한 부록처럼

꽃송이들, 파랗게 달아오른 봄이 우르르 쏟아진다

무릉도원

도원은 곳곳에서 건설되고 있다
복숭아가 달리지 않는 도원으로 아버지는
새벽마다 출입 금지 팻말을 열고 들어간다

복숭아꽃 피는 봄은 상시의 계절
열매는 가책이 없는 맛이고 안개의 지침을 받으면 작업
시작
그 옛날 어부가 보았다는 무릉도원엔
일용직 주민들만 가득했을 것이다
나무 밑에 사계절용 봄을 설치하거나 간혹
우수수 떨어지는 주민세 갑근세가 있다는 사실은 불문율
이다

이 우화 같은 우화 속으로
아버지는 매일 출근을 한다
해고는 인간계의 법칙
우화에는 우화의 법칙이 있기 마련이지만
아버지는 검은 장화를 신고

나무를 심고 밭을 갈고 돌을 깬다

아버지 직업란에 무릉도원 직원이라 쓴다
선생님은 엄마를 불러오라 했다

어딘가에 무릉도원은 매일 건설되고 있으나
우리들은 모르는 곳
아버지는 꽃처럼 사계절을 근무하지만
한 번도 복숭아를 구경한 적이 없다

아버지의 복숭아꽃은 시들시들해지고
도원에서 쫓겨나고

우리들의 무릉도원, 배를 타고 갈 수 있는
상류도 없고 좁은 입구의 지형도 없지만
늘 정문이 굳게 닫혀 있는 무릉도원은 있다
쉽게 들어갈 수는 있으나 복숭아 하나 살 수 없는 곳이다

물병염좌

밤하늘엔 금 간 것들이 너무 많다
별자리를 따라서 금을 긋다 보면
뼈에 금이 가고 부서져도 나의 조각임을 안다
이때 부분의 합은 전체일까
그래도 무사하다는 말은 조금 기울어졌다는 것
통증은 먼지처럼 내려앉는다
병은 스토커, 슬그머니 미행하다가
불쑥 달려든다 퇴고할 여유 없는
부종만 절뚝거린다

하늘은 비늘도 지느러미도 없다
목마는 바이러스로 남아 동네를 돌고
발목에 기우뚱 넘어진 별자리 하나
신화의 무게 같은 뼛조각들
부딪히는 것들은 죄다 시퍼런 멍 같아서
빠져나오려면 무사안일의 날들이 필요하다
밤하늘을 올려다보면 뼛조각들이
반짝거리는 동안은 밤이고
밤은 거대하게 굳어가는 중이다

제3부

빗방울로 지은 집

크루아상

　지하가 팽창된다 깃발이 나부끼고 군대가 밀려온다 너는 말한다 켜켜이 쌓아 여러 번 굴려야 한다고 얇게 늘려야 한다고 그믐 지나며 신성으로부터 터부시되는 첨탑에 걸려 있는

　너는 없고 처음엔 없었다 나라가 너를 몰아낸다 초승달이 웃는 고통스러운 모습일까 너는 어느 나라의 초승달인가 서서히 차오르는 갈등의 주름이 깊어진 걸까

　오늘도 누구에게 눈웃음을 치고 있는 걸까
　먹지 않아도 배부른 빵, 크루아상 한 입 베어 문다

빗방울로 지은 집

긴 장마가 끝나면 산에 들에 집이 생긴다
하나의 기둥과 하나의 지붕만 있는 집
빗방울이 지은 우산버섯은 계세요 불러도 대답 없다
새침데기다 새침데기는 흰색이다
감정에 기복이 생길 때마다 늘어난 주름이 빽빽하다
빈집인데 하루가 다르게 주룩주룩 자란다
물방울이 피우는 꽃
죽은 나무에도 발에 밟히는 낙엽에도 피는 꽃이다
주름 밑빠진 버섯벌레만 가끔 드나든다
생김의 단순함으로 다양을 의심한다
선반 달걀 노루궁뎅이 대뇌 독깔때기 찻잔버섯처럼
나이 들면 얼굴에 책임을 지듯 버섯의 이름은 버섯과 닮
았다

포클레인이 집을 허문다
마을은 환전되지 않는 신음을 가졌고
출입 금지가 벗어놓고 간 고양이 발톱 같다
공터 주위로 소름이 들썩인다

전봇대가 바람을 끼고 세간살이를 정리한다
골목을 빠져나오며 자지러지는 햇살이 흥건하다
가장 약한 말이 악다구니가 되어 낡은 집
곰팡이에서 태어난 통증의 포자로 내일이 돋는다
땅이 지은 집만큼 약한 것은 없다
땅에 나는 버섯도 약하다 나무 수액을 먹는 버섯들은
오히려 단단하다

비 오는 날이면 새침데기가 사는 그 집 앞을
한 번쯤은 서성거릴 것이다

일요일

고장 난 시계 속에 앉아 있어요
숫자를 쪼아대는 뻐꾸기 울음으로
집 안에는 시간이 가득합니다

더듬이가 많은 얼굴은 하루 종일 옷걸이에 걸려
주렁주렁 햇빛을 몸에 묻히고
나는 물고기 잠을 잡니다

악보 위를 뛰어가는 벚꽃은 지고
새소리가 구멍을 뚫으면
전화기에는 어둠이 뒹굴거려요

소파에는 푸른색이 고여 있고
메모는 들판을 불사르고 구름으로 사라져
나는 관상용 여자
졸음에 겨운 귀를 쫑긋거립니다

액자 속 가로수들이 중얼거리는

공간으로 빨려 들어가는 낭만을 서툴게 즐기며
고양이의 방울소리로
느리게 흘러가는 그림자는
지붕을 펼칩니다

초점을 잃은 봉제인형의 눈동자가
불 꺼진 계단을
갸웃거리며 손을 내미는 시간
형광등 불빛으로 저녁을 차리고
피아노의 풍경으로 하루를 색칠해요

연등

매달았는데 도시다 가로수를 적었는데 트럭이다 강물이
흘러 시계가 번진다 별의 잠이 식는다 들판이 흔들리며 바
람을 깨우고 식탁을 훔치는 귀걸이가 찰랑거린다 손가락이
의자를 빠져나간다 모자를 쓴 모서리가 낡아간다 연기가 공
중을 따라다닌다 그림자는 책상에 박혀 있다 여정은 멀다
눈동자 너머 꽃 한 송이 핀다

띄웠는데 4월이다 명아주의 사생활은 없다 흔하지만 귀
한 귀하지만 흔한 계절의 손목이 부러졌다 터널을 지나고
차선을 변경했지만 봄은 무성하다 울타리가 바스락거린다
분주한 거리는 목소리가 없고 단어들은 뜻이 없다 슬픔을
목에 휘감는다 도시에 질질 끌려다닌다 다 타버린 연탄재
구멍 위로 한 송이 빨간 장미가 핀다

피었는데 열매가 없다 불빛에 가려 글씨가 얼룩진다 바람
이 삐걱이며 모자를 빙그르르 돌린다 하늘을 가로지르며 새
가 날아간다 텅 빈 계절이 움츠린다 무늬진 단어들이 흩뿌

려져 출렁출렁인다 뚝, 뚝, 과즙처럼 빗살처럼 촘촘히 박힌
눈빛들이 지붕을 올려다본다

불빛이 흔들린다

넝쿨

눈꺼풀을 내려 눈동자를 덮는다
외면의 면상

대륙의 순례를 도는 코끼리의 축을 중심으로
모서리가 난무하다
조용하고 완만한 걸음이 당돌한
침묵의 회오리

푸른 문종이를 바르지 않은 고립의 문
싹둑 잘리거나 묻히기도 하는 출구
손사래로 답하는 늙수그레한 점층법

숨겨진 줄기는 어디로 뻗어 있을까

실타래를 풀어 붉은 꽃을 피운 자귀나무는 양쪽의 잎사귀
들이 서로 등을 맞대 밤을 지내고 줄기로 절굿공이를 만들
어 쓰는 화목의 전설이 두리번두리번 불꽃처럼 뻗는다

넝쿨의 계절

빨갛고 노란 경계마다 차오르는 물

얼기설기 배후엔 정물을 허무는 소란이 있고
줄기가 걷히는 순간
여름의 줄거리는 끝난다

시냇물에게 연차휴가를 주다

물은 만근 중이다
누가 그에게 붉은 돌을 풍덩 던져줄까
365개의 계단을 통 통 통 건너다 보면
모든 하루가 예민하게 흔들리고 반복되며
여러 빛깔의 물을 풀어놓는다
봄이면 물가는 파릇파릇해지고
다만 파란 것들은 반나절의 휴일쯤 되려나

늘 흘러가는 것에만 익숙한 탓에
어딘가에 시선이 확 꽂혀 정박하고 싶지만
건기의 슬픔은 바닥을 쩍쩍 갈라놓는 통증인 것을 안다

물이 뒤집힐 때도 있다
폭우가 쏟아지거나 꽁꽁 얼어붙는 겨울이 되면
당신이 땋은 머리를 풀어헤친 채 서늘한 환호는
해독하기 어렵다

마야 달력은 어느 순간에 멈춰 있다고 한다

그러면 이 지루한 공전과 자전은 영원한 휴가에 들까
오래된 달력의 궁금한 저녁
아토피처럼 툭툭 불거져 나오는 물집들이
잔업의 부유물처럼 둥둥 떠내려오는
찢겨나간 달력을 본다

지금은 달력을 꼭 필요로 하지 않는다
아무도 시냇가에 와서 멱을 감거나 빨래를 하지 않는다
넓어진 물길로 만근을 다 채운 물길이 느릿느릿 흘러간다

앞발
— 캥거루의 다리

뒷발이 진화한 역사에는 내리막이 없다
오로지 언덕을 향해서 도망치거나 진격한 결과가 튼튼하
다
앞발이 짧은 것들은 언덕의 풀을 먹고 자란다
그러나 몰이는 언제나 아래의 일
앞쪽에 퇴화를 둔 것들은 뒤쪽에 진화를 둔 것들이다

진화의 중심을 꼬리에 둔 한 생명이 죽었다
그 캥거루는 이제 이 세상에 없다
그 꼬리는 넓고 광활한 초원의 무게를 지녔으나
꼬리에 꼬리를 물고 늘어지는 사슬의 콧날 아래
누군가의 죽음은 누군가의 기회였다
진화는 기회주의적이고 이기적이다

스프링처럼 뛰어오르는 점프의 명수 캥거루들
저 뒷발의 힘으로 살아왔다 일제히 점프할 때 앞발이 할
수 있는 건
웅크린 제 가슴을 보듬고 있는 일

그를 지탱해준 힘은 주머니 속에서 나왔다

상체를 기울이며 진화한 걸음
균형이 깨지면서 앞으로 넘어지고 고꾸라지는 일들
절박한 진화가, 언덕을 향한 질주본능이 캥거루의 앞발처
럼 퇴화하는 것은 아닐까
바람에 휩쓸려 이리저리 흔들리는
초원의 안부마저 궁금해지는 저녁

언덕 위는 점점 더 추워지고
온도가 낮은 이파리로 피의 온도마저 낮아진
진화와 퇴화를 한순간에 버리는 죽음
주머니 속에서 태어난 뒷발의 힘도 함께 사라졌다
앞발과 뒷발로도 지탱하지 못하고
옆으로 누워 마지막을 맞은 캥거루의 짝발은
이 순간만큼은 가지런하다

모래로 만든 집

1.

물가 바위를 뒤집어보면 모래로 지은 집이 있다 짧고 얇다 새끼손가락 모양인데 단단하다 물을 내뿜는 구멍이 반짝반짝 움직인다 네모집 날도래가 사는 방이다 자잘한 돌멩이를 먹고사는 물은 수면에 부딪치는 바람에 불거나 줄어든다 모래집에 붙은 부스러기는 바닥의 말이나 뭉치면 변태 되는 단어다

날도래는 물속 생활이 거의 전부다 집 없이 방황도 한다 실을 만드는 입이 무기다 자칫 실 풀리면 새나 물고기의 밥이 된다

2.

언덕은 높고 마을은 나지막하다 숨통이 느린 골목을 막는다 소화되지 않은 배관들이 혈관을 타고 흐른다 주소가 날아간다 집 없는 개가 어슬렁거리며 집주인 행세다 헝클어진 볕이 스민다

얼기설기는 쌀쌀하고 다닥다닥은 바스락거린다 인디언 부족에겐 조용히 벌레를 바라보는 달이 있어 침묵으로 날개의 파닥임을 느낀다고 한다 웃자란 풀 사이로 날개가 앉는다 파닥임이 멈추자 굼실굼실 달이 뜬다

슬레이트 지붕 한쪽이 날개처럼 부서져버렸다 허물어져가는 집은 곧 날아갈 수 있는 날개가 있다는 것일지도 모른다

3.

날도래 둥지로 물의 흐름이 느려졌다 어떤 유속에도 흔들리지 않는, 납작하게 돌 밑에 숨어 있는 날도래로 강과 바위는 온전하다 3년을 웅크린 채 날개지붕 아래에서 산다

4.

봉긋하던 산동네가 온데간데없다 유충들이 몰려나왔다 산이 뒤집히면서 모래집도 사라져버렸다 대신 온갖 곤충들이 몰려들었다 변태에 도래한 날도래는 매혹적인 리본을 펼

치고 난다 세상에 날아오를 수 있는 방법은 딱 두 가지밖에 없다 돌멩이를 들어 날도래 유충을 보다 다시 얕은 물로 덮어준다

나무 남자

소름이 돋았다 나무손을 가진 사람을 해외 토픽에서 보고, 낙엽은 필요치 않아 나무를 보면 손가락이 보이는, 숲이 보이는, 나무 남자는 남의 남자야

잎사귀를 자르면 거슬러 오르는 강, 섬에 홀로 떠다니는 그림자의 나무처럼 섬 몇 개가 사라졌다는 인도네시아 뉴스처럼, 그 줄기에 손가락을 물린

남자, 그 경계를 허무는 숲을 열고 몸에 꽂히는 햇빛이 들어온다 절벽에 뿌리내리는 절규인 양 흔들다 지친

꿈이 파랗다 손에 닿지 않는 숲을 이루지 못한 남자가 손사래 치며 애써 웃음 짓는 유리창처럼 유리처럼

바람 텃새

바닷새들의 가슴엔 긁힌 물 깃털이 있다
뱃머리에 불이 꺼지면 아침 해가 떠오르는 포구
공중을 선회하거나 내려앉는 새들로 북새통이다

멀리 나는 새들은 무릎이 있고
가까이 나는 새들은 무릎이 없다

수평선에 닿을 듯 말 듯
뼈와 뼈 사이에 살이 붙듯 묶여 있던 갯바람이 흩어진다
내려앉을 곳을 노리며 공중에 떠 있는 갈매기들,
한 번도 허공은 의자가 되어주지 못했다
바람의 텃새들은
돛대 위나 잠들지 못한 돌섬에 내려앉아
흔들리는 뱃머리나 섬이 되기도 한다

어부를 닮은 새
먼바다에서 밤을 보낸 어선들이 항구로 들어오면
흰 포말을 따라 벼랑에 잠시 날개를 접는다

물 냄새나 땅 냄새를 맡는 갈매기들은
표류하는 배 위에 육지처럼 내려앉는다
포말의 방향엔 지친 계절들이 있다
그 포구에 가면
부리를 앞세우고 육지와 바다 사이를 날다가
일몰 쪽으로 날아가는 갈매기의 무릎이 있다

젠가 게임

빈틈은 아슬아슬하게 움직인다는 것
차곡차곡 정교하게 쌓아 올린 허공

인도에서 본 소년의 머리 위
벽돌을 쌓아 이고 가던
붉은 젠가를 가지런히 쌓은 언덕길
머리 위에 발끝, 그리고 눈
새들은 꽃잎과 시합하고 있는 걸까
무너진 목덜미로도
게임을 한다
뛰어오르면 부서지고
부서지면 무너져 오르는
하나를 더 넣거나 빼면 어떻게 될까

잘 버티던 목소리가 새된 소리로 울어
먼 데를 꿈꾸는 황홀한 중력
번갈아 일어나는 바람과 구름
쌓이는 하늘

머리 위에 젠가를 쌓는다

누구나 처음엔 흔들리는 발아래

둥실 떠오르는 우주

꽃신

발만 봅니다

남쪽의 아버지는 북쪽의 딸에게 그동안 신기지 못했던 꽃신을 신깁니다 남쪽에도 북쪽에도 없던 시절의 약속은 발에 딱 맞습니다

발에도 꽃이 핍니다

가령 신문들은 이렇게 떠들어대겠지요 남쪽의 꽃신 하나가 북쪽의 시린 발들을 녹일 것이라고 아니 그렇게들 말하고 싶겠지 남쪽의 꽃이 북쪽의 발에서 필까 언 땅의 발이 꽃신을 신고 따뜻할까 가령 언 땅은 꽃으로 녹일 수 있을까

지하 3층에서 일하다 보면 여름에도 겨울에도 발이 시리다 경계에 서면 발 하나 까딱하는 것도 저릿저릿하다

지하에 있는 동안 나에게 누군가 꽃신을 신겨줄 줄 알았

다 나에게 햇살 한 움큼 얹어줄 줄 알았다

  해바라기도 태양이 비치는 현실 쪽으로 기운다 30년 동안
한 줌의 햇살 신봉론자였지만 지하를 비추는 해는 없다 태
양은 갈 곳이 많아 나에게까지 찾아와주지 않는다 어리석은
희망으로 내 발끝만 무감각해져간다

  어떤 뿌리든 다 지하를 가지고 있다 한여름에도 한겨울에
도 지하는 늘 서늘하고 음습하다 여전히 나는 꽃신을 기다
린다 1층과 8층 사람들을 만나면 햇살 한 줌 구걸한다

  누가 나에게 꽃신 하나 신겨주면 좋겠다

한옥 마을

도시의 마지막 오지

이곳은 과거와 현재가 공존한다
널뛰기처럼 오르내리는 최신과 옛것
에어컨을 쬐는 여름과 부채를 흔드는 여름
단추를 채우는 겨울과 옷고름을 여미는 겨울이 한자리에
있다

흘러간 시간을 그리며 현재를 사는 사람들은
도시의 중앙에서
남쪽의 햇살을 간절히 그리워한 것일까

이곳에 들어오는 순간 말투와 걸음걸이가 달라진다
담장을 경계로 상투를 틀고 쪽을 진 시절들이
새롭게 밀려오는 낯선 시간 앞에 버선발로 서 있다

도시는 양장으로 갈아입고
연못의 금붕어에게 자신의 한숨을 동그랗게 말아 던진다

경복궁에 사는 버들이 마실 나오는 저녁이면
버들피리의 애잔한 노래도 울려 퍼진다
저곳에 갇힌 시간들은
거리로 나오는 순간
빌딩과 바퀴에 치이거나
달리는 속도를 감당하지 못해 옴짝달싹 못 할 것이다

오늘도 그 마을에는 두둥실 옛 달이 뜬다

폭설

지상에 내리는 눈들은
제가 녹을 곳을 찾아간다
애초에 눈은 흔적을 남기며 흔적을 지우는 존재다
폭설에 다소곳해진 숲과 길
마을 지붕이 내려앉고 고라니 발자국도 끊기자
폭설 사이에 갇힌 것들이 엉금엉금 기어 나온다
누구는 겨울의 산란이라고도 하고
마지막 제 모습을 처분하려는 것들이라고도 했다

멀리 출구를 보내놓고 간결하게 요약되는 막막함
제자리에서만 빙빙 도는 바퀴들의 미끄러운 계절
은빛의 눈동자가 뾰족해질 때까지
마지막 물기를 털어내는 나무들의 무게
묶인 시간을 눈사람처럼 데굴데굴 굴려본다
고립은 너무 딱딱해 뭉쳐지지 않고
정체는 사각이라 앞으로 굴러가지 않는다

밖에서는 제설차가 사라진 길을 다시 내고 있지만

녹거나 사라지는 건 길 밖의 길이다

깍지를 끼거나 주유 램프를 보면서 서 있는 불안

길 밖으로만 내리는 눈이 개발되었다는 뉴스 같은 밤

이 눈 위에서는 정해진 길이 따로 없다

나무들의 흰 탈의가 풀썩 소리를 낸다

먼 곳에 있는 파도 소리를 찾아가는 중

폭설은 내려앉고 길은 미끄러워 암중모색의 한때

뜨거운 엔진들이 길 위에 길게 풀어지고 있다

눈들은 아직 어두워지지 않았다

결빙의 등, 뭉쳐서 환하게 빛나는 눈들

제4부

골목, 골목들

지네

칸 많은 기차예요

어둠 속에서
사브작 사브작
꼼지락 꼼지락

칸칸마다
달빛과 별빛
바람이 타고 있어요

썩은 나뭇잎에서 잠자던
풀벌레 울음소리로
기적 소리를 대신해줍니다

모퉁이를 돌 때
별빛과 달빛이
가로등처럼 반짝이기도 합니다

졸참나무 1호봉 투쟁기

나이테는 그냥 생기지 않는다

빙빙 돌아가는 나이테를 따라 올 한 해도

비틀어진 봄에서 비틀어진 가을까지 왔을 거라는 생각이

들지만

예년 수치에 버금가는 잎을 달아야 한다

빗줄기와 햇볕도 제 몫을 해야만 오르는 한 호봉

관록이 겹겹으로 주름진 모자를 쓴 채

작은 잎 조그만 열매를 단 졸병 도토리

해마다 투쟁을 하지만 1호봉밖에 오르지 않는다

전임은 순번제다

가시거리 확보를 위해 작년에는 안개가

올해는 예년보다 빨리 물든 단풍나무가 위원장이다

사 측 대표는 스프링 공장 사장이다

그는 아무도 몰래 숲의 웬만한 나무들 속에

빙빙 도는 스프링을 심어놓았다

노사 대표 위원 다섯 명이 참석하는 교섭 기간 내내

이견으로 숲은 첩첩산중이다

스프링 공장 사장은 스프링처럼 유연하지 못하다

그는 스프링을 팔아먹기만 하지 사랑하지 않는다

협상을 위한 협상으로 탁상공론만 일삼으며 지지부진하다

양측 모두 한 치의 양보도 없다

오리무중이다

투쟁도 호봉도 필요 없다고 철회하는 나무도 있다

정국은 난색의 표정이고 교섭은 난항이었지만

서로 한 발걸음씩 양보하기로 했다

잔가지들을 쳐내고 굵직한 현안들을

극적으로 타결했다

가뭄이나 태풍 산불 등 산재에 대한 협약은 생략되었지만

분쟁의 매듭을 지었다

이제 겨울이 오면 나무들 몸통 속에서

스프링 만드는 작업이 본격적으로 시작될 것이다

잠들지 못하는 소녀

수요일은 소녀이거나 할머니다

광둥에서 왔다든가 말레이시아에서 왔다든가
작년에도 열여섯, 올해도 열여섯
잠을 잊어버린 소녀가 있다

청동 손가락으로 일기를 쓰고
시간을 달리지만 일어서지 못하는
결이 없는 소녀

시퍼런 강철 머리칼 속
땅을 딛지 못한 맨발의 기억을 거닐며

눈빛이 내일로 기울어지듯
숨결이 급한 발자국 소리
집으로 돌아가지 못하는

찡한 모자이크 말들

해설퍼지는
어깨 위 작은 새는 날아갈 줄 모르고

빈 의자에 귀를 기울이는
신상품 같은 눈동자들이 주먹을 쥔 채
가슴에 핀 꽃은 절대 꺾이지 않는다

소녀의 집에 가면 할머니가 사진에서 내려오고
저물지 않는 그림자 옆으로
세월이 와서 함께 앉는다

소녀의 얼굴에서 나비가 난다

골목, 골목들

광장에서 흩어진 사람들이
뿔뿔이 골목으로 숨어들었던 때처럼
장미 넝쿨 밑에서
따가운 가시처럼 웅크리고 있던
그때처럼, 다시
광장에서 흩어진 사람들이
근처 골목으로 삼삼오오 뭉친다

골목은 혁명을 숨겨주었고
그로부터 다시 늙은 미완의 혁명들을
불러들이고 술잔을 권한다

골목들은 늘 저변의 힘으로
장미를 피워올렸고
그 왁자한 뒤끝으로 아직도 곳곳에 건재하다
꺾어들고 다시 꺾어 내달렸던
그 모퉁이들을 회상하면
최루탄이니 물대포에 맞닿은 간격으로

스크럼을 짜고 막아서던

그 든든한 뒷배 같았던 골목들

수르 수르 만수르

갑부는 모든 이념 위에 있는 사람

모든 권력을 삼시 세끼로 나눠 먹을 수 있는 미식가

부모 잘 만나 상류층이라는 이름으로 사는 사람

돈이 돈을 잉태하는 축적의 세습

소원을 비는 주문이 있다

수르 수르 만수르

자본에 비는 주문, 우리의 소원을 들어주는 것은

신도 마술사도 램프 요정도 아니고

오로지 자본이다

자본이 자본에게 소원을 빌고

권력이 자본에게 소원을 빌고

자본이 권력에게 소원을 빈다

자본주의는 얼마나 천박하고 폭력적인지

갑부는 갑질과 감세를 서민은 을의 유리지갑

수르 수르 만수르

이 소원을 비는 주문이야말로

끔찍한 유령 자본이다

십 원 한 장의 자본도 갖고 있지 않은 유령 자본에게 빈다

오늘도 복권방을 들락거리며 로또에게 빌고

자식 수술비 앞에서도 시험장 철문 앞에서도

두 손을 모으고 빈다

이것은 유령 자본이다

유령 자본은 꿈이다

꿈이라는 유령 자본이 턱 버티고 있다

결국 허황과 소박한 희망들이

유령 자본에 착취당하고 있는 것이다

굴뚝

굴뚝을 생각하면 연기를 올리지 못하는 저녁과 배고픈 지붕 밑이 떠오르지 또 굴뚝이란, 푸른 나무들에게 무서운 존재지만 자본의 트림 같은 저 굴뚝에 올라 착취의 배설 같은 흰 연기를 바라보지 지나가는 사람들은 굴뚝엔 관심이 없고 오로지 자본의 연기만 꾸역꾸역 뿜어져 나오기를 기대하지 바람이 사람을 비켜 지나고 사람이 바람인 양 소용돌이치지 몸뚱이 하나가 공구이고 전 재산인 노동자, 민둥산에 흔들리는 억새처럼 갈수록 뾰족해지고 까칠까칠해지지 회오리 같은 비상계단을 두르고 일광욕을 하다가도 비에 흠뻑 젖기도 하지 그곳에 아찔한 사람이 있다고 물이 올라가고 배설물이 내려오고 스스로 유폐된 유배지 같은 한 마리 굴뚝새 같은 사람이 있지

추석이 지나고 열매가 영글지 하늘은 얕고 구름은 생기발랄하지 나는 당신을 아는데 당신은 나를 몰라서 때때로 어지럽지 주말의 명화처럼 되풀이되는 일상이지만 결말은 있지 변덕스러운 세상으로 낯설고 무례한 고통이 흐르고 통증

은 심해지고 감각은 흐릿해지지 그날이 그날인 눈빛이 흩어
지지

　땅에는 불안한 발자국들이 여전히 그림자를 남기지 비둘
기는 주저앉아 모이를 쪼아대고 뒷걸음치던 저녁이 불쑥 울
음을 터트리지 하늘은 하늘대로 땅은 땅대로 움직임은 동일
하지 굴뚝이 없는 시대에 굴뚝을 대변하는 저들은 굴뚝 같
은 노동자들, 오늘도 낮은 곳의 밥이 밧줄에 매달려 올라가
고 있지

화병

저것은 유체와 고체의 격동기를 지나왔다
모양이 탁해지는 건 언제나
그 안에 담겨 있는 물이었지 모양은 아니었다
투명과 반투명의 사상을 가지고
경축과 애도를 꽂았다가 시드는 동안
멜랑콜리로 여과되는 에코다
온갖 꽃들을 다 담아보았을 꽃병
소유의 취향을 따라 여기저기 꽃밭을 기웃거렸을 것이다

탁자 위에 놓인 꽃병은 우아하고 화려하며 고귀한 족속
이다
고고한 사상가처럼 감정의 소모는 초지일관
투명한 것은 가장 위험하지만 오히려 그 투명이 보호색이
된다
비단보에서부터 합성섬유까지 깔았을 배경을 지나며
가지는 잘리고 잎사귀는 뜯기며 뿌리를 감추는 반투명의
존재였다

꽃병은 배치되고 부장품처럼 지루해지는 시간

화려하거나 싱싱한 꽃들을 얼마나 시들게 했을까
외부가 아닌 내부를 장식하는 부역은 아니었을까

저 화병은 입김으로 형태를 좌우하던 시대에 태어났다
입김이란 때로 한 사람을 치욕으로 몰고 갈 수도 있다
화병(花瓶)이 아닌 화병(火病)이 되어가는 것을 수없이 보
았다
스스로 깨지고 싶었던 산산조각의 마음을 달래며 있을지
도 모르는
문득, 기우뚱 뛰어내리고 싶을지도 모르는

평생 뚜껑을 가져보지 못한 일생
늘 화려한 꽃들로 그 뚜껑을 삼아 병목을 살고 있는 화병
가장 좁은 부위로 삼고 있는 화려한 기준이다

구멍을 잡아채다

구멍은 비어 있다 생각하는 건

구멍이란 말 때문이다

걸을 때마다 쑥쑥 빠지는 뻘밭을 돌아보면

진창이 따라오고 있었다

갯벌에서 찐득하게 살아온 사람들

숭숭 뚫린 구멍 안에서 갯것들을 잽싸게 낚아챈다

구멍을 뽑아낸다

뽑아낸 구멍을 보면 흐느적거리는 다리가 붙어 있거나

눈코가 없는 것들이다

그렇지만 구멍이야말로 훌륭한 기둥이다

갯것들은 기둥 자체에 들어가 산다

구멍에서 꺼낸 것들로 한생을 잘 메워온 사람들

발자국을 금방 잊어버리는 건망증은 일용할 치매다

발자국끼리 엉키며 더 질퍽해진다

사라진다는 것은 살아진다는 것

구멍을 잡아채려면 그만큼의 입질을 알아야 한다

그 입질로 밥을 먹고 살았다

처음엔 흙 묻은 발을 잃어버리고

반쯤 잠긴 무릎도 잃어버렸다

팔순의 김점순 씨는 오늘도 갯벌만 생각하면
꼼지락꼼지락하는 입질들이 부르는 소리를 듣는다
뛰지 않아도 되는 일터
느리고 진득한 시간에게만 빼꼼, 내미는 갯것들
살랑살랑 햇살 바람이 불자 고개를 쏙 내밀었던 해당화가
구멍 속으로 쏙, 들어갔는지
오늘은 한 송이도 보이지 않는다

역사

만약 하나의 울타리를 만들어서
그곳에 역사를 집어넣는다면
그 우리 안에선 미륵사지 석탑이 무너지고
반구대 암각화에선 함정에 빠진 호랑이가 사람을 잡아먹고
작살 맞은 고래는 피를 뚝뚝 흘리며
바다를 버리고 육지로 진화하겠지
원시인들은 다른 원시시대로 이동하고
밧줄과 철조망, 협잡과 어떤 사상들만 남겠지
역사는 옳고 그름의 이야기지만
지독한 사실주의여야 되지
불편한 사실에서 진실들이 발굴되지
지나가는 권력으로 독점될 일이 아니지
소란과 대립 속에서도 꽃은 피지만
소리 없는 지배는 귀머거리 혁명도 없어
단지 입맛을 다시는 비굴한 맹수가 있을 뿐이지
아프리카 다양한 야생동물들에게
먹이사슬의 사실주의가 없다면 야생의 종이 아니라
초원과 밀림이 사라지겠지

울타리는 어떻지?

동물들은 사라져도 울타리는 여전히 남아 있고

먹이를 받아먹으며 획일적이고 편파적이며

왜곡된 일생을 마친 멸종만 있을 뿐이겠지

걸리버 여행기 소인국 이야기를 해볼까

국왕의 조부가 달걀을 깨다 손을 베는 사건이 생기지

그 후 달걀을 뾰족한 쪽으로 먹지 않는 자는

엄벌에 처하는 법률을 만들고

그에 반대하는 사람을 반역자로 몰아내고

국제 전쟁으로까지 번지지

소인국에선 독재자가 손가락에 침을 묻히며

자신의 공적을 천천히 벗겨 입안에 넣겠지

우리 안에는 도대체 누가 있겠는가

울타리를 넘을 순 없어도 그 거짓의 뚫린 구멍으로

진실들은 다 도망가고 말겠지

나에게 돈은 목숨이다

컨베이어 벨트 위 석탄으로 실려가 본 적 있는가

분진을 나르며 굉음을 내는 컨베이어 벨트는 죽음을 운반
하지 낙탄이 됐다가 삽이 됐다가 나는 찰리 채플린처럼 시
커메져서 한 치 앞도 보이지 않지

가까이 왔다가 멀어지는 별처럼 아득해지는 눈

스물네 살의 눈빛은 영롱하지 아니 참혹하지 누가 날 멈
추지 않는 기계 속으로 떠밀었나 나에게 감성팔이를 하지
말라 하청과 비정규직이란 말은 나도 안다

열심히 일한 것이 죄인가

부릅뜬 눈으로 벨트와 함께 돌다가 속도에 휘말려보라 숨
통을 틀어막다가 숨이 헐떡거리다가 먼지의 뽀얀 사막 속에
서 길을 잃어보았는가

컵라면 하나가 나의 유일한 위안거리다

나의 일터는 목숨을 거는 전쟁터다 엄마가 말했지 용균아 오늘도 무사히 일하고 와야 해 컨베이어 벨트는 엄마 말을 집어삼켰지

컨베이어 벨트는 키득키득 지금도 누군가의 목숨을 돌리고 있을 것이다

죽음의 골목

어느 누가 골목에 묻히고 싶겠는가?
그것도 청춘을

159명 신발의 주인은 어디로 갔는가?
그날, 2022년 10월 29일

　의지대로 움직일 수 없었다 숨조차 제대로 쉴 수 없었다
길을 걷다가 선 채로 압사당했다 얼굴과 입안에 피가 흥건
하고 여기저기서 터져 나오는 비명 소리로 아비규환이었다
전쟁터나 다름없었다

　"압사당할 것 같아요, 지금 너무 소름 끼쳐요, 대형사고
나기 일보 직전이에요,
　사람이 죽을 것 같아요, 긴급 출동하셔야 될 것 같아요"

　낭떠러지로 떨어지는 애절한 목소리
　어느 누가 꿀꺽 집어삼켰는가?

　너와 나의 이야기로 이어지고

바닥의 힘으로 장미를 피워 올리는
골목이 없는 도시는 없다
골목이 없는 나라도 없다
그런데
뜨거운 심장은 어디로 갔느냐?
피 끓는 청춘은 어디로 갔느냐?

말해보라,
거기, 뒷짐 지고 한 발짝 물러서 있는 당신,
당신이 말해보라

길을 걸어간 것이 죽을죄인가!
청춘의 뜨거운 가슴을 살려내라!

홀로

홀로라는 말은 아득하다는 말

피켓을 들고 사거리에 선다
앰뷸런스 소리에 응급실 문이 열리고
휠체어에 실린 고통을 본다

절룩이는 소리들은
알약으로 코팅되고

돈보다는 생명을
돈벌이 경영 중단하라
부당 해고 철폐하라

해고된 노동자에서
해고되지 않는 노동자에게로 번지는 동지애
짧고 두꺼운 문구는 차갑고
교환되는 눈빛은 따스하다

주먹이 펴지지 않는 세상

노동자 피눈물은 누가 닦아줄까
절망의 피눈물을 참아내는 사람은 안다
해고는 살인이라는 문구가
당장 먹고살아갈 길이 까마득하다는 말
절절히 가슴에 와닿는다

더 이상 겁낼 것은 없다

절박하다는
1인으로부터 시작된다는 말
거리에서 내일을 함께한다는
하루를 두 배로 산다는
혼자서 여럿을 느낀다는 말

다윤이의 별

텅 빈 시간이 흘러요
나는 어두운 배 안에 갇혀 있어요
물속에 뜬 별이에요
밤이 너무 길어요
갇혀 있다는 것은 아무 말도 못 한다는 걸까요?
말하고 싶어요
큰 소리로 외치고 싶어요
나는 선생님 말씀처럼 아직도 그 자리에 가만히
말없이 그대로 있어요
퉁퉁 부어오른 목소리를 간직한 채로
왼쪽으로 돌면 오른쪽으로 기울어지고
오른쪽으로 돌면 왼쪽으로 기울어지고
2학년 국어책 16쪽은 누가 손을 들고 발표할까요
아직 제대로 읽히지 않은 낱말들
한 갈래로 찢어져 핏발 진 눈동자들
눈물로 글썽이던 파도는 점점 더 높아지고
시간은 머리카락처럼 헝클어지만
아직, 저는 여기 있어요. 출렁이는 진실로

언제까지 흔들려야 할까요

가방 속으로 쏟아지는 하얀 갈매기 떼가 전하는 바닷말을
들으며

흩날리는 포말들 속으로 물안개로 비명을 날려 보내요

바람의 귀에서는 파도가 철썩대요

날마다 꾸는 꿈이 달라요

어느 날은 소라의 꿈을

어느 날은 무지개의 꿈을

또 어느 날은 고래의 꿈을 꾸곤 해요

이젠 꿈꾸는 것도 무서워요

그날, 외로 된 기억들로

밤은 내내 기울어져 아침으로 떠오르지 않아요

제발 이 별에서 나 좀 건져주세요

에네르게이아의 시어들

맹문재

1.

봉윤숙 시인은 에네르게이아(energeia)의 시어들을 통해 인간 가치를 추구하는 시 세계를 보여주고 있다. 시인은 인유나 반어 등의 비유와 상상력을 통해 작품의 구체성과 아울러 환기력을 획득한다. 창조적인 시어의 변주로써 이 세계의 부분과 전체를 연결해 세계 속에 존재하는 그 자신은 물론 공동체의 가치를 심화시키는 것이다. 작품 속의 시어들은 죽어 있는 기계처럼 정지되어 있는 것이 아니라 부단하게 움직이며 그 역할을 한다.

아리스토텔레스는 활동을 두 가지로 분류했다. 하나는 교본과 경험을 통해 습득된 기술을 토대로 동일한 종류의 대상들을 만들어내는 활동이다. 어떤 것을 만들어내는 생산적인 행위로 디나미스(dynamis)에 해당된다. 또 다른 활동은 이미 주어져 있는 기술을 토대로 하지 않는 창조적인 것이다. 디나미스보다 선행하는 행위로 에네르게이아에 해당된다. 디나미스는 힘뿐만 아니라 잠재성을 의미하므로 에네르게이아와 대립한다. 잠재성과 실재성은 곧 존재론적 가능성과 실제적인 작용인 것이다. 아리스토텔레스는 에네르게이아를 디나미스보다, 즉 활동을 가능성보다 중요하게 인식했다. 가능성의 실현은 언제나 활동적인 것을 요구하고 있기 때문이다.[1]

훔볼트는, 디나미스와 에네르게이아는 대립적인 관계가 아니며 상호 보완적으로 보았다. 모두 언어에 대한 발생적인 본질 규정에 유용한 개념으로 간주했다. 언어 속에서는 아무것도 정적이지 않으며 모든 것을 동적인 것으로, 모든 행위의 창조적인 힘에 초점을 맞춘 것이다. 에네르게이아는 창조적인 측면에, 디나미스는 이를 통해 발생하는 동적인 측면에 무게를 두고 있다. 언어는 이미 실현된 것일 뿐만 아니라 실현된 것을 능가하는 가능성으로 해석될 수 있는 것이다.[2]

봉윤숙 시인은 유한한 시어들을 무한하게 사용하는 활동을 보이고 있다. 시어에 대한 다양한 상징과 의미화로써 새로운 시 세계를 창조하는 것이다. 시인의 시어들은 창작 과정에서

1 이성준, 『언어 · 교육 · 예술』, 푸른사상사, 2013, 102~103쪽.
2 위의 책, 104~105쪽.

힘을 발휘한다. 곧 에네르게이아의 활동을 추구하는 것이다. 시인의 시어들은 제한되거나 고정되지 않고 지속적으로 움직여 시 세계의 토대를 이루면서 사회학적 상상력으로 확장한다. 이와 같은 면에서 봉윤숙 시인의 시어들은 활동성과 동의어라고 할 수 있다.

2.

아침나절 어지럽던 머릿속 이야기들을 쓴다
아니 쓸었다

하고 싶은 말들은 이미 붉게 물들었거나 벌레 구멍이 나 있
다 분명 백지를 쓸었는데 나뭇잎 잔뜩 떨어진 나무 밑, 빗자루
자국만 가득하다

먼지를 풀풀 내는 징그러운 짐승의 털 같다

책상 위에는 빗방울로 만든 악보가 사막으로 빚은 화분이
생쥐로 만든 종이가 뾰족한 너의 목소리로 부스럭거린다

백지를 쓸고
나무 밑을 쓴다

세상의 구겨지는 종이들 중 깨끗한 백지를 못 보았다

131

종이를 구기는 것이 아니라
어지럽게 쓴 글자들을 구기는 것이다

귀는 입으로 달려가고 입술은 말 달리듯 고삐를 놓치고 손
가락이 둥그러지며 펄럭인다

깨끗해지라고 쓸었을 뿐인데
아, 어지러운 저 획들
나무 밑을 흙바닥을 한참 동안 읽었다
마당을 구길 수는 없으니까

—「쓴다, 쓸다」 전문

위의 작품 화자는 "아침나절 어지럽던 머릿속 이야기들을
쓴다"고, "아니 쓸었다"고 밝히고 있다. 화자가 자신의 머릿속
에 들어 있는 이야기들을 쓸어낸 것은 그 말들이 "이미 붉게
물들었거나 벌레 구멍이 나 있다"고 판단했기 때문이다. 머릿
속의 말들이 변색했거나 불량한 상태여서 청소한 것이다.

화자가 머릿속의 이야기들을 쓸어내었다고 했지만, 실제로
는 "분명 백지를 쓸었는데"라고 표현했듯이 그의 생각이 적힌
종이를 쓸어낸 것에 불과하다. 더욱이 종이에 적힌 글자에 든
원래의 생각은 쓸어낼 수 없기에 화자의 행동은 무의미하기
까지 하다. 그리하여 화자는 "나뭇잎 잔뜩 떨어진 나무 밑, 빗
자루 자국만 가득하다"라고 토로한다. "먼지를 풀풀 내는 징
그러운 짐승의 털 같다"고 부연까지 한다.

화자의 머릿속에 든 원래 이야기들은 무엇일까? 그것은 "책상 위에" "빗방울로 만든 악보가" 있고, "사막으로 빚은 화분이" 있고, "생쥐로 만든 종이가" 있듯이 자연으로부터 발생한 것이다. 자연 세계는 분명 인간의 경험 세계를 넘어선다. "뾰족한 너의 목소리로 부스럭거린다"라는 것이 그 가능성을 보여준다.

화자는 백지를 쓸고 난 뒤 더욱 쓸어내기 위해 다시 "나무 밑"을 쓴다. 쓸어낸 데를 완벽하게 소제하려는 것이다. 화자는 그 행동을 통해 "세상의 구겨지는 종이들 중 깨끗한 백지를 못 보았다"고 말한다. "종이를 구기는 것이 아니라/어지럽게 쓴 글자들을 구기는 것"을 깨달은 것이다.

세상에는 말들이 "귀는 입으로 달려가고 입술은 말 달리듯 고삐를 놓치고 손가락이 둥그러지며 펄럭"일 정도로 지천이다. 말을 하는 사람들의 욕망이 들끓기 때문이다. 사람들이 세상에 내놓는 말들은 깨끗하거나 건강한 것만은 아니다. 오히려 붉거나 벌레 구멍이 나 있을 정도로 흠이 있는 것이다.

화자는 자신이 꺼낸 말들도 예외가 아니라고 인정한다. 자신 역시 욕망의 한 존재로서 다른 사람과 별반 다르지 않다고 솔직하게 고백하는 것이다. 화자는 "깨끗해지라고 쓸었을 뿐인데" 제대로 쓸리지 않아 "아, 어지러운 저 획들"을 다시금 발견하고, "나무 밑을 흙바닥을 한참 동안 읽"는다. 깨끗한 말, 바람직한 말, 생명력을 돋우는 말은 자신으로부터 나오는 것이 아니라 자연에서 나오는 것을 확인하는 것이다.

화자는 인간과 대비되는 자연의 힘을 발견하고 "마당을 구길 수는 없"다고 생각한다. 자연의 힘에 굴복하는 것이 아니라 그 힘을 인정하고 시어로 결합하는 것이다. 이렇듯 "쓴다, 쓸다"라는 화자의 인식은 의사소통이나 대상의 표기에 한정되지 않고, 사유와 정신 활동의 영역으로 심화한다. 시어들은 정보를 전달하고 의사소통을 추구하는 데 함몰되지 않고 에네르게이아의 힘으로 창조적인 활동을 하는 것이다.

> 모두들 말의 착지점에서
> 딱 한 발짝 물러서 있다
> 아무리 시위를 당겼다 놓아도
> 딱, 그쯤에서 떨어지고야 마는
> 한 발짝 바로 앞
> 비틀거리는 몸을 이끌고
> 후렴을 시작하려는 찰나
> 간헐적으로 비상구가 보이지만
> 부여잡고 놓아주지 않는 역설
> 그 사이를 지친 저녁들의 퇴근과
> 앞다투는 고층의 창문들과
> 자신들의 가장 연약한 취약점으로
>
> 밥을 벌러 가거나
> 밥을 먹으러 간다

햇살과 기진맥진해진 바람을 따라
숨을 헐떡이는 와이퍼가
허송세월을 걷어내고 있다
어쩌면 저렇게도
비겁하거나 난처한 혹은 무신경한
그 경계를 절묘하게 비껴서 있을까
간신히 앞가림을 피한 사람들
돌아보면 아득한 낭떠러지가
각자의 뒤쪽에 있다

　　　　　　　　　─「버려진 말들 사이를 걷다」 전문

　위의 작품의 화자는 "모두들 말의 착지점에서/딱 한 발짝 물러서 있"는 모습을 지켜보고 있다. "아무리 시위를 당겼다 놓아도/딱, 그쯤에서 떨어지고야 마는/한 발짝 바로 앞"을 주시하는 것이다. 사람들은 그 지점에서 "비틀거리는 몸을 이끌고/후렴을 시작하려"고 한다. 그렇지만 그 "찰나/간헐적으로 비상구가 보이지만/부여잡고 놓아주지 않는 역설"의 상황이 전개된다. 결국 사람들은 후렴을 부르지 못하고, 비상구도 발견하지 못한다.

　사람들과 말의 착지점 사이에 "지친 저녁들의 퇴근"이며 "앞다투는 고층의 창문들"이 있다. "자신들의 가장 연약한 취약점"을 해결하기 위해 "밥을 벌러 가거나/밥을 먹으러" 가는 사람들도 있다. 화자는 "햇살과 기진맥진해진 바람을 따라/숨을 헐떡이는 와이퍼가/허송세월을 걷어내고 있"는 그 상황을 바라본다. "어쩌면 저렇게도/비겁하거나 난처한 혹은 무신경한/그 경계를 절묘하게 비껴서 있을까"라고 생각하는 것이다.

도시인들의 삶의 모습은 "앞다투는 고층의 창문들"이며 "숨을 헐떡이는 와이퍼"에서 보듯이 속도에 시달린다. 음력 4월 초파일 부처님 오신 날을 기리기 위해 "연등"을 "매달았는데 도시"이고 "가로수를 적었는데 트럭"이듯이, "분주한 거리는 목소리가 없고 단어들은 뜻이 없"(「연등」)다. 도서관의 "형광등이 구부러진 등에 핏발을 세"우고, "드르륵하면 뛰어가는 책"들 속에 "읽을 수 없는 글자들이 가득"(「도서관을 걷다」)한 것이다.

화자는 "간신히 앞가림을 피한 사람들/돌아보면 아득한 낭떠러지가/각자의 뒤쪽에 있"는 처지를 안타까워한다. 옳다고 생각하는 말을 하지 못하고 한 발씩 물러나는 바람에 맞닥뜨리는 현실이다. 곧 자본주의 체제에 순응하는 사람들의 모습인 것이다. 화자는 그 버려진 말들 사이를 걷는다. 버려진 말들에 관심을 두지 않거나 회피하지 않고 곁에서 동행한다. 다시 말해 자본주의 체제에 물러서지 않고 맞서는 것이다.

3.

서식지라는 말을 생각할 때마다 빌어먹을, 빌어먹고 살고 있는 직장이 떠오른다

서식지 안에는 황금 부서와 한직이 있다 엽록소의 구성, 인
사부 뿌리는 지하 3층에 있다 악역만 도맡아 하는 팀장도 있고
밥 대신 욕 먹으며 일하는 사원도 있지만 세상이 세상인지라
붉은 머리띠를 두르기도 쉽지 않다

가시에 찔린 곳으로 들어찬 찬바람 속엔 상처가 섞여 있고
그 상처를 빼는 것 또한 가시들 덕이지만 그 가시들의 집합을
찔러 와해시키는 보이지 않는 가시들이 또 있는 꼬리에 꼬리를
무는 옴니버스식 구성

서식지에도 계층이 있다 정년의 계층에서 떨어지면 다시 낮
은 계층이 된다 한 가족이라 얘기하지만 개똥 같은 얘기다 여
러분의 뜻을 모아 내 맘대로 한다는 뜻이다

하나의 서식지가 생긴다는 것은, 눈에 보이진 않지만 무형
의 구조물들이다

—「서식지」 전문

버려진 말들 사이에 도시인들의 서식지가 있다. 작품의 화
자는 보금자리로 만들어 사는 곳인 서식지를 생각할 때마다
"빌어먹을, 빌어먹고 살고 있는 직장"을 떠올린다. 화자가 자
신의 의식주를 해결하는 것은 물론 자아를 실현하는 직장을
남에게 구걸하여 음식을 얻어먹는 곳이라고 폄훼하는 이유는
무엇일까? "서식지 안에는 황금 부서와 한직이 있"기 때문이
다. 다시 말해 "엽록소의 구성, 인사부 뿌리는 지하 3층에 있"

고, "악역만 도맡아 하는 팀장도 있고 밥 대신 욕 먹으며 일하는 사원도 있"는 것이다. 또한 서식지에는 계층이 있어 "정년의 계층에서 떨어지면 다시 낮은 계층이" 되고 만다. 그렇기에 화자는 "한 가족이라 얘기하지만 개똥 같"다고 토로한다. 높은 계층에 있는 사람들이 낮은 계층에 있는 사람들을 한 가족으로 여기지 않기 때문이다.

불평등한 조건에서 일하는 사람들은 버려진 말들 사이에서 살아간다. "세상이 세상인지라 붉은 머리띠를 두르기도 쉽지 않"기에 제대로 맞서지 못한다. 그렇지만 "중심이 기울어진 쪽을 내 편이라 생각하"는 사람들은 "홀로라는 말보다 더 쓸쓸한 말"(「편(片)」)을 가슴속에 넣고 있다. "외로운 말을 가진 몸들은 혼자 앓"(「보조 침대」)을 수밖에 없지만, 참고 견디는 것이다.

자본주의 체제에 순응하는 사람들의 가슴속에는 "가시에 찔린" "상처가 섞여 있"다. "그 상처를 빼는 것 또한 가시들 덕"이듯이 용기를 낸 사람들이 있고, "그 가시들의 집합을 찔러 와해시키는 보이지 않는 가시들"도 있다. 용기를 가지고 실천하는 사람들과 그들을 억압하는 세력들이 서로 얽혀 있는 것이다. 이렇듯 서식지는 "꼬리에 꼬리를 무는 옴니버스식 구성"으로 이루어져 있다. "하나의 서식지가 생긴다는 것은, 눈에 보이진 않지만 무형의 구조물들이" 생기는 것이다. 그 속에서 삶을 영위해 나가는 개인은 할 말을 제대로 하기가 쉽

지 않다. 말을 꺼낸다고 할지라도 수용되기가 어렵다. 그만큼
자본주의 사회의 지배 계층은 견고한 것이다.

> 갑부는 모든 이념 위에 있는 사람
> 모든 권력을 삼시 세끼로 나눠 먹을 수 있는 미식가
> 부모 잘 만나 상류층이라는 이름으로 사는 사람
> 돈이 돈을 잉태하는 축적의 세습
> 소원을 비는 주문이 있다
> 수르 수르 만수르
> 자본에 비는 주문, 우리의 소원을 들어주는 것은
> 신도 마술사도 램프 요정도 아니고
> 오로지 자본이다
> 자본이 자본에게 소원을 빌고
> 권력이 자본에게 소원을 빌고
> 자본이 권력에게 소원을 빈다
> 자본주의는 얼마나 천박하고 폭력적인지
> 갑부는 갑질과 감세를 서민은 을의 유리지갑
>
> 수르 수르 만수르
> 이 소원을 비는 주문이야말로
> 끔찍한 유령 자본이다
>
> ──「수르 수르 만수르」 부분

위의 작품 화자는 "갑부는 모든 이념 위에 있는 사람"이라
고 자본주의 체제를 지배하는 세력을 명쾌하게 진단한다. 자

유와 평등 같은 절대적 인간 가치도 물질의 힘을 쥔 사람들에게 굴복될 수밖에 없다. "모든 권력을 삼시 세끼로 나눠 먹을 수 있는 미식가"나 "부모 잘 만나 상류층이라는 이름으로 사는 사람"은 "돈이 돈을 잉태하는 축적의 세습"을 누린다. 그들은 그 영속성을 위해 "수르 수르 만수르"라고 주문을 외운다.

사람들의 "소원을 들어주는 것은/신도 마술사도 램프 요정도 아니고/오로지 자본이다"라는 진단은 예리하다. 실제로 "자본이 자본에게 소원을 빌" 뿐만 아니라 "권력이 자본에게 소원을" 빈다. 물론 서로 상보적인 관계로 "자본이 권력에게 소원을" 빌기도 한다. 자본은 자기 이익을 추구하기 위해 "천박하고 폭력적인" 행동을 서슴지 않는다. 갑부가 "갑질과 감세를" 하는 바람에 "서민은 을의 유리지갑"이 되고 만다. 갑부가 탄생시킨 "끔찍한 유령 자본"에 서민들은 노예가 되고 목숨까지 잃는 것이다.

컨베이어 벨트 위 석탄으로 실려가 본 적 있는가

분진을 나르며 굉음을 내는 컨베이어 벨트는 죽음을 운반하지 낙탄이 됐다가 삽이 됐다가 나는 찰리 채플린처럼 시커메져서 한 치 앞도 보이지 않지

가까이 왔다가 멀어지는 별처럼 아득해지는 눈

스물네 살의 눈빛은 영롱하지 아니 참혹하지 누가 날 멈추
지 않는 기계 속으로 떠밀었나 나에게 감성팔이를 하지 말라
하청과 비정규직이란 말은 나도 안다

열심히 일한 것이 죄인가

부릅뜬 눈으로 벨트와 함께 돌다가 속도에 휘말려보라 숨통
을 틀어막다가 숨이 헐떡거리다가 먼지의 뽀얀 사막 속에서 길
을 잃어보았는가

컵라면 하나가 나의 유일한 위안거리다

나의 일터는 목숨을 거는 전쟁터다 엄마가 말했지 용균아
오늘도 무사히 일하고 와야 해 컨베이어 벨트는 엄마 말을 집
어삼켰지

컨베이어 벨트는 키득키득 지금도 누군가의 목숨을 돌리고
있을 것이다

—「나에게 돈은 목숨이다」 전문

위의 작품에서 화자는 힘없는 사람들의 말이 제대로 전달
되지 않는 세상을 "용균"의 사고를 통해 구체적으로 확인시켜
주고 있다. 김용균은 2018년 태안화력발전소의 석탄 이송 컨
베이어 벨트에 끼어 사망한 노동자이다. 그의 사망 소식이 알
려지자 사람들은 안타까움을 넘어 분노했다. 고장 난 손전등

과 컵라면 등의 유품에서 볼 수 있듯이 열악한 작업 환경에서 비정규직으로 일하다가 사고를 당했기 때문이다. 회사에는 2인 1조의 근무 규정이 있었지만 지켜지지 않았다. 그는 컵라면 하나를 유일한 위안거리로 삼고 혼자 일하다가 과로와 비상 상황에 대처하지 못해 사고를 당한 것이다.

그의 작업은 "분진을 나르며 굉음을 내는 컨베이어 벨트는 죽음을 운반"할 정도로 위험했다. 작업에 열중하다 보면 "낙탄이 됐다가 삽이 됐다가" 해서 마치 "찰리 채플린처럼 시커메져서 한 치 앞도 보이지 않"았다. "가까이 왔다가 멀어지는 별처럼 아득해지는 눈"의 상태에 처하기도 했다. 그는 목숨을 거는 전쟁터 같은 그 작업장에서 할당된 일에 최선을 다했다. 그러다가 한계를 이기지 못해 "벨트와 함께 돌다가 속도에 휘말"렸다. "숨통을 틀어막다가 숨이 헐떡거리다가 먼지의 뽀얀 사막 속에서 길을 잃"고 만 것이었다.

그의 사고 이후 힘없는 사람들은 현수막을 내걸고 기자 회견을 하고 연좌 농성을 벌였다. "열심히 일한 것이 죄인"으로 취급받는 세상에 맞서 용기를 가지고 할 말을 한 것이다. 그들의 말이 비로소 세상에 전달되어 김용균법으로 불리는 산업안전보건법이 개정되어 국회를 통과했다.

4.

도원은 곳곳에서 건설되고 있다
복숭아가 달리지 않는 도원으로 아버지는
새벽마다 출입 금지 팻말을 열고 들어간다

복숭아꽃 피는 봄은 상시의 계절
열매는 가책이 없는 맛이고 안개의 지침을 받으면 작업 시작
그 옛날 어부가 보았다는 무릉도원엔
일용직 주민들만 가득했을 것이다
나무 밑에 사계절용 봄을 설치하거나 간혹
우수수 떨어지는 주민세 갑근세가 있다는 사실은 불문율이다

이 우화 같은 우화 속으로
아버지는 매일 출근을 한다
해고는 인간계의 법칙
우화에는 우화의 법칙이 있기 마련이지만
아버지는 검은 장화를 신고
나무를 심고 밭을 갈고 돌을 깬다

아버지 직업란에 무릉도원 직원이라 쓴다
선생님은 엄마를 불러오라 했다

어딘가에 무릉도원은 매일 건설되고 있으나
우리들은 모르는 곳
아버지는 꽃처럼 사계절을 근무하지만

한 번도 복숭아를 구경한 적이 없다

아버지의 복숭아꽃은 시들시들해지고
도원에서 쫓겨나고

우리들의 무릉도원, 배를 타고 갈 수 있는
상류도 없고 좁은 입구의 지형도 없지만
늘 정문이 굳게 닫혀 있는 무릉도원은 있다
쉽게 들어갈 수는 있으나 복숭아 하나 살 수 없는 곳이다
　　　　　　　　　　　　　　　　—「무릉도원」 전문

　위의 작품에서 아버지는 "복숭아가 달리지 않는 도원으로"
"새벽마다 출입 금지 팻말을 열고 들어"갔다. "우화 같은 우화
속으로/아버지는 매일 출근"한 것이다. "해고는 인간계의 법
칙"이고 "우화에는 우화의 법칙이 있기 마련이지만", "아버지
는 검은 장화를 신고/나무를 심고 밭을 갈고 돌을" 깼다. 당신
은 "직업란에 무릉도원 직원이라"고 썼을 정도로 헌신적이었
다.
　당신이 일하는 "어딘가에 무릉도원은 매일 건설되고 있"었
으나 "우리들은 모르는 곳"이었다. "아버지는 꽃처럼 사계절
을 근무"했지만 우리는 "한 번도 복숭아를 구경한 적이 없"
었다. 마침내 "아버지의 복숭아꽃은 시들시들해"졌고, 당신
은 "도원에서 쫓겨나고" 말았다. "우리들의 무릉도원"이 사라
지자 "배를 타고 갈 수 있는/상류도 없고 좁은 입구의 지형도

없"었다.

　그렇지만 "늘 정문이 굳게 닫혀 있는 무릉도원은 있"었다.
"쉽게 들어갈 수는 있으나 복숭아 하나 살 수 없는 곳이"었다.
화자는 도연명(陶淵明)의 「도화원기(桃花源記)」에 나오는 선경(仙
境)으로 복숭아꽃이 만발한 무릉도원을 작품 속에서 인유했
다. 별천지인 그곳을 반어적으로 사용해 무릉도원이 존재하
지 않는 현실 상황을 부각시킨 것이다. 화자는 절망적인 현실
상황에 좌절하지 않는다. 무릉도원을 지향하는 욕망을 포기
하지 않고 적극적으로 추구하는 것이다.

　　　홀로라는 말은 아득하다는 말

　　　피켓을 들고 사거리에 선다
　　　앰뷸런스 소리에 응급실 문이 열리고
　　　휠체어에 실린 고통을 본다

　　　절룩이는 소리들은
　　　알약으로 코팅되고

　　　돈보다는 생명을
　　　돈벌이 경영 중단하라
　　　부당 해고 철폐하라

　　　해고된 노동자에서
　　　해고되지 않는 노동자에게로 번지는 동지애

짧고 두꺼운 문구는 차갑고
교환되는 눈빛은 따스하다

주먹이 펴지지 않는 세상
노동자 피눈물은 누가 닦아줄까
절망의 피눈물을 참아내는 사람은 안다
해고는 살인이라는 문구가
당장 먹고살아갈 길이 까마득하다는 말
절절히 가슴에 와닿는다

더 이상 겁낼 것은 없다

절박하다는
1인으로부터 시작된다는 말
거리에서 내일을 함께한다는
하루를 두 배로 산다는
혼자서 여럿을 느낀다는 말

　　　　　　　　　　　　　　　　—「홀로」 전문

　위의 작품의 화자는 "홀로라는 말은 아득하다"고 느끼면서
도 "피켓을 들고 사거리에" 섰다. 피켓을 들고 서 있는 동안
"앰뷸런스 소리에 응급실 문이 열리"거나 "휠체어에 실린 고
통을" 바라본다. 작업하다가 사고를 당해 위험한 상태에 놓여
있는 이들을 외면하지 않는 것이다.
　화자는 "돈보다는 생명"이 중요하다고 인식하고 "돈벌이 경

영 중단하라"고 외친다. "부당 해고 철폐하라"고도 외친다. 화자는 자신의 행동이 "해고된 노동자에서/해고되지 않는 노동자에게로 번지는 동지애"라고 생각한다. "짧고 두꺼운 문구는 차갑"지만, 다른 노동자들과 "교환되는 눈빛은 따스하다"고 느끼는 것이다.

화자는 "주먹이 펴지지 않는 세상"에서 "노동자 피눈물은 누가 닦아줄까"라고 반문하며 피켓을 들었다. "해고는 살인이라는 문구"를 썼다. "당장 먹고살아갈 길이 까마득"한 사람들과 "절망의 피눈물을 참아내는 사람"들과 함께 버려진 말들 사이를 걷는 것이다. "더 이상 겁낼 것은 없다"라는 배수진을 치고 해고에 당당히 맞선다. "1인으로부터 시작"하지만, "거리에서 내일" 함께할 사람들을 기대한다. "하루를 두 배로" 사는 것은 물론 "혼자서 여럿"과 연대하는 것이다.

화자는 한 개인의 상황을 전체의 상황으로 연결하고 있다. 한 개인의 문제를 그를 둘러싸고 있는 사회 구조 및 환경과의 관계로 이해한다. 한 개인과 전체의 관계를 파악하는 일은 자본주의 체제가 워낙 복잡하고 전문화되어 있기에 어렵다. 지식이나 정보를 동원하는 데도 한계가 있다. 그에 따라 한 개인은 사회적 존재로서의 의의나 제 역할을 망각하기가 쉽다.

봉윤숙 시인은 이와 같은 한계를 극복하기 위해 자신의 경험과 관계된 감정, 행동, 시선, 외침, 의지 등을 담은 시어들을 적극적으로 사용했다. 그에 따라 작품 속의 시어들은 부단

하게 움직인다. 에네르게이아의 힘을 발휘하는 것이다. 시인
은 개인과 세계가 결코 분리될 수 없다고 인식하고 시어의 변
주를 통해 유한한 수단을 무한하게 사용했다. 시어들의 활동
으로 사회학적 상상력이 확대되고 심화되었다. 창작 과정 자
체가 운동성을 띤 것이다.

孟文在 | 문학평론가 · 안양대 교수